AUX AMATEURS D'ÉCHECS.

RÉPONSE

A·LA

SOIRÉE D'ERMITES

FEUILLETON POÉTIQUE DU JOURNAL *LA PRESSE*
(29 mars 1838).

> Et depuis vainement j'ai cherché dans l'histoire
> Un prodige pareil! . . . .
>
> MÉRY.

PARIS,

BARBA, LIBRAIRE, AU PALAIS-ROYAL;
PACCARD, LIBRAIRE, RUE NEUVE DU LUXEMBOURG, 3.

1838.

un double est placé dans le 2e [...]

AUX

AMATEURS D'ÉCHECS.

TYPOGRAPHIE DE FIRMIN DIDOT FRÈRES,
RUE JACOB, 56.

AUX AMATEURS D'ÉCHECS.

RÉPONSE

A LA

SOIRÉE D'ERMITES,

FEUILLETON POÉTIQUE DU JOURNAL *LA PRESSE*

(29 mars 1838).

> Et depuis vainement j'ai cherché dans l'histoire
> Un prodige pareil! . . . .
>
> MÉRY,

PARIS,

BARBA, LIBRAIRE, AU PALAIS-ROYAL;

PACCARD, LIBRAIRE, RUE NEUVE DU LUXEMBOURG, 3.

1838.

AUX AMATEURS D'ÉCHECS.

L'année dernière, dans le journal *la Presse*, M. Méry, rendant compte de deux parties d'échecs jouées par M. de la Bourdonnais les yeux fermés, avança que Philidor avait fait à Londres des parties semblables, auxquelles on assistait moyennant une guinée par place.

Le fils de Philidor releva la fausseté de cette assertion par une lettre immédiatement insérée dans *la Presse*, en ajoutant que ce n'était pas deux, mais bien trois parties que son père avait faites sans voir les échiquiers.

Le 29 mars dernier, dans un feuilleton que *la Presse* veut bien appeler poétique, M. Méry raconte deux nouvelles parties gagnées par M. de la Bourdonnais, et, tout en faisant preuve d'une vaste érudition en cette matière, il affirme que personne au monde n'a fait un pareil tour de force.

Dans l'intérêt de la vérité, et pour l'honneur de Philidor, dont la mémoire est chère aux joueurs d'échecs, une rectification en humble prose a été demandée, mais M. Méry n'a pas voulu permettre que *la Presse* l'accueillît.

Peut-être pour se faire comprendre des poëtes faut-il leur parler en rimes ; c'est ce que vient d'essayer un amateur qui livre sans prétention, au public, sa réponse à la *Soirée d'ermites* de M. Méry.

RÉPONSE
A LA SOIRÉE D'ERMITES

(Feuilleton poétique du journal *la Presse*, en date du 29 mars 1838).

———

A M. MÉRY.

Quoi ! nous verrons toujours nos voisins insulaires
Méchamment obscurcir nos gloires populaires !
On ne les comprend pas au delà du détroit !
Soit ! mais en pleine paix, sans motif, de sang-froid,
Lorsque sa jeune cour nous convie à ses fêtes,
La perfide Albion mutile nos poëtes !
O crime ! dont s'émeut tout le jeune Paris !
Un barbare, un vandale, imprimeur mal appris,
Traduit en bas-normand un de ces opuscules
Qu'à l'heure et sur un pied, Méry, tu versicules ![1]
Tour de force étonnant ! et, bien qu'il soit à l'art
Comme aux pas des Esler les sauts du boulevard,
Va, ton injure est nôtre et chacun la partage ;
Avec toi nous crions : *Il faut brûler Carthage !*
A la postérité te livrer imparfait !
C'est comme l'Obéron qu'un chantre obscur refait ;

---

[1] Quand on a besoin d'un mot nouveau, autant le prendre dans le vieux latin que dans le français de la nouvelle école.

Hos ego versiculos feci...........
VIRG.

C'est le vil amateur qui retouche un Corrége,
Ou barbouille un Rubens..... horreur! où trouverai-je
Des termes assez durs pour cet acte pervers !
A moins de les chercher peut-être dans tes vers [1] ?
  L'épithète *perfide* un peu trop prodiguée
Aux pointes de couplets fut longtemps reléguée;
En la découvrant, seul, au fond de l'arsenal
Éminemment français du théâtre d'Arnal,
Du soldat citoyen tu grandis dans l'estime.
Mais ton ressentiment est-il bien légitime?
Un doute m'est venu! doute affreux, incessant,
Que dans mon œil hagard peut lire le passant.
Des vers estropiés! où le mal, où l'offense ?
J'admets qu'en fait de goût elle soit dans l'enfance,
Amante des échecs, la sévère Albion
A péché contre toi par admiration,
En voulant à tes vers rendre un public hommage.
  Quand un coup d'encensoir renverse leur image,
On ne voit pas les dieux du Gange et du Niger
D'un zèle maladroit durément se venger.
Non, non! ces dieux benins attendent qu'on leur donne
Un autre piédestal : imite-les, pardonne.
Aussi bien, entre nous, ces froids cerveaux du Nord,
Éclos en pleine Bourse, artistes du report,

[1] ....
    Et pendant qu'après tous, en ces vers je donnais
    La palme des échecs à de la Bourdonnais,
    La perfide Albion, pour me punir du crime,
    Enlevant à mes vers la raison et la rime,
    Traduisit ce poëme, à Paris achevé,
    En vieux français normand farci de doubles V.
                              (*Une Soirée d'Ermites.*)
                                    MÉRY.

Escomptant la minute et cotant une obole,
Ne comprendront jamais ta brillante hyperbole,
O rimeur provençal ! ils te demanderont
(C'est à faire dresser les cheveux sur le front)
De ne point habiller en beaux vers le mensonge,
Et de ne point traiter le passé comme un songe,
Et de ne point offrir à la grande cité
Comme un nouveau prodige un fait cent fois cité.
   Chante la Bourdonnais, si telle est ta chimère :
L'Achille des échecs demandait un Homère.
O poëte, dis-nous de ta plus douce voix
Comment il accepta deux combats à la fois,
Comment les yeux fermés il sut à la victoire
Guider ses bataillons et d'ébène et d'ivoire :
Peins la double action, rime les fameux coups
Qui décident le *mat;* nous applaudirons tous
A cet effort puissant de la raison humaine :
Mais dire que jamais semblable phénomène
N'apparut sur le globe [1] : oh ! c'est pousser trop loin
La licence ; on découvre en cherchant avec soin

Et depuis j'ai cherché vainement dans l'histoire
Un prodige pareil, même aux jours fabuleux
Où l'Asie inventa ses mille contes bleus.
. . . .
Oui dans cet Orient, ce doux berceau des sages,
Depuis que nous voyons l'échiquier se grandir
En remontant d'Europe au temps du grand Nadir,
Ce qui manque aux exploits du chrétien et du bonze ;
Je l'ai vu dans Paris, *rue aux Trois-Frères, onze,*
Dans un hôtel tout plein de succès éclatants,
Le jeudi vingt-deux mars, à l'aube du printemps.

(Une Soirée d'Ermites.)
MÉRY.

Qu'un enfant, Philidor, rouge de modestie,
Gagnait à dix-sept ans cette double partie.[1]
 Mais ce que ton héros n'ose pas affronter !
Albion s'en souvient : je vais te le conter.
La foule, un jour, s'agite au bruit d'une merveille,
Il s'agit d'une lutte étrange et sans pareille :
Contre trois champions, ses plus dignes rivaux,
Philidor doit, sans voir, soutenir trois assauts.
C'est au club des échecs qu'a lieu la grande scène :
On se presse ; au signal s'ouvre la triple arène.
Un moment des combats le sort paraît égal !
Lorsque l'un des jouteurs pousse à faux son cheval
A dessein ; aussitôt son aveugle adversaire
L'avertit, puis l'attaque et vivement le serre :
Une heure, une heure après ! le fier Breton rendu
Regarde en frémissant un mat inattendu,
L'autre le suit de près ; honneur de la Tamise,
Le dernier se défend : la partie est remise,
Et ce choc de géant fut répété deux fois[2] !
 Pour chanter de l'esprit ces magiques exploits,
Oh ! que n'ai-je ta verve et ton ancien génie,
Alors que de tes vers la sublime harmonie
Donnait un nouveau lustre aux palmes des trois jours :
Un ami te prêtait son lyrique secours ;
Torrents jumeaux, alors, vous confondiez vos ondes
Et laissiez sur le sol des empreintes fécondes....
Depuis, l'un coule esclave aux canaux du pouvoir ;
De son frère appauvri, l'autre fait peine à voir :
C'est un mince filet qui s'échappe en cascades....

[1] Encyclopédie — art. *Échecs.*
[2] *New Papers* du 28 mai 1783.

Hélas ! dans ton bon temps ! chantre des barricades,
Némésis eût sifflé la prose *du Maudit*[1] !
L'abonné de *la Presse*, il est vrai, t'applaudit ;
C'est assez pour ta gloire, et, content de toi-même,
Tu dis : « Ce bon public ! il me comprend, il m'aime ;
« De mes admirateurs débonnaire instrument,
« Un jour il souscrira pour un beau monument,
« Où quelque main amie écrira sur le bronze
« Mon hémistiche heureux, *rue aux Trois-Frères onze.*»

[1] Drame de M. Méry représenté au théâtre de la Porte St.-Antoine.

A M. le rédacteur du journal LA PRESSE.

Montlandon, 3 février 1837.

Monsieur,

Je viens de lire dans le feuilleton de *la Presse* du 2 de ce mois, un article de M. Méry, sur la double partie d'échecs faite par M. de la Bourdonnais, sans voir les échiquiers; en admirant, comme tout le monde, un effort de mémoire difficile à concevoir, permettez-moi de rétablir les faits au sujet de Philidor, mon père.

M. Méry dit : « Philidor, doué de la même puissance de calcul, donnait à Londres des soirées d'échecs à une guinée la place. Il y jouait une partie ou deux parties à la fois, le dos tourné à l'échiquier. Ce spectacle, qu'il avait inventé, lui rapportait un revenu annuel de quelques milliers d'écus, etc. »

J'ai à cœur de rectifier deux erreurs contenues dans ce paragraphe.

1° Ce n'est pas seulement deux parties, mais bien trois que mon père osa faire, et cela deux fois dans sa vie.

On trouve le récit de ces deux parties dans un opuscule anglais, intitulé : *Chess London printed for Robinson*, etc., 1787, page 152 et suivantes. Voici la traduction littérale de l'article :

« Hier au club des échecs (28 mai 1783), rue « St.-James, M. Philidor a fait une de ces étonnan- « tes parties pour lesquelles il a tant de réputation. Il « a joué à la fois trois parties différentes, sans voir

« un seul des échiquiers. Ses adversaires étaient M. le
« comte de Brulh, M. Bowdler (les deux plus forts
« joueurs de Londres) et M. Mazères. Il gagna M. le
« comte de Brulh en une heure vingt minutes, et
« M. Mazères en deux heures; au bout de sept quarts
« d'heure, l'avantage était égal entre MM. Philidor et
« Bowdler. L'autre partie fut avec le comte Bruhl,
« M. Jennings et M. Evskire; il rendit un pion à
« ce dernier et le laissa commencer. Le comte et Phi-
« lidor furent à partie égale, et les deux autres per-
« dirent.

« Philidor joue avec une exactitude surprenante,
« et souvent corrige les fautes de ceux qui ont l'échi-
« quier devant eux, etc., etc. »

Mais l'auteur n'ajoute pas que mon père sortit de
cette séance la tête tellement fatiguée, qu'il fut quelque temps sans pouvoir rassembler ses idées.

2° Ces parties qu'il faisait, par pure complaisance,
et bien moins par goût que pour céder aux obses-
sions incessantes des membres qui composaient le
club des échecs, n'ont jamais été conçues dans un
but d'intérêt ou de représentation à bénéfice.

En voici la preuve dans une lettre de Diderot dont
l'autographe est en ma possession.

Agréez, M. le rédacteur, etc.

PHILIDOR,
Membre du conseil général d'Eure-et-Loir.

Lettre de Diderot à Philidor.

Je ne suis point surpris, Monsieur, qu'en Angle-
terre toutes les portes soient fermées à un grand mu-
sicien et soient ouvertes à un savant joueur d'échecs;
nous ne sommes guères plus raisonnables ici que là.
Vous conviendrez cependant que la réputation du
Calabrois n'égalera jamais celle de Pergolèse. Si vous
avez fait les trois parties sans voir, sans que l'intérêt
s'en mêlât, tant pis : je serais plus disposé à vous par-
donner ces essais périlleux, si vous eussiez gagné à
la faire cinq à six cents guinées; mais risquer sa raison
et son talent pour rien, cela ne se conçoit pas. Au
reste, j'en ai parlé à M. de Légal, et voici sa réponse :
« Quand j'étais jeune, je m'avisai de jouer une seule
« partie d'échecs sans avoir les yeux sur le damier;
« et à la fin de cette partie, je me trouvai la tête si fa-
« tiguée, que ce fut la première et la dernière fois de
« ma vie. Il y a de la folie à courir le hasard de devenir
« imbécile par vanité. » Et quand vous aurez perdu
votre talent, les Anglais viendront-ils au secours
de votre famille? Et ne croyez pas, Monsieur, que
ce qui ne vous est pas encore arrivé ne vous arrivera
pas. Croyez-moi, faites-nous d'excellente musique,
faites-nous-en pendant longtemps, et ne vous expo-
sez pas davantage à devenir ce que tant de gens que
nous méprisons sont nés. On dirait de vous tout au
plus : « Le voilà, ce Philidor; il n'est plus rien, il a

« perdu tout ce qu'il était à remuer sur un damier
« des petits morceaux de bois. » Je vous souhaite du
bonheur et de la santé. Encore si l'on mourait en
sortant d'un pareil effort; mais songez, Monsieur,
que vous seriez peut-être pendant une vingtaine
d'années un objet de pitié; et ne vaut-il pas mieux
être pendant le même intervalle de temps un objet
d'admiration ?

Je suis, avec l'estime et l'amitié que vous me con-
naissez,

Votre très-humble et très-obéissant serviteur,

DIDEROT.

A Paris, ce 10 avril 1782.

TYPOGRAPHIE DE FIRMIN DIDOT FRÈRES, RUE JACOB, 56.